Stephan Groetzner

So ist das

Roman

Literaturverlag Droschl

»Gott freut sich mehr über Adverbien als über Hauptwörter.«

(Hebräisches Sprichwort)

I. Die Welt des Herrn Dr. Kopfig

Die Schuhe des Herrn Dr. Kopfig

Der Herr Dr. Kopfig fiel immer auf den Schädel.
Nie auf die Füße.
Das kam so.
Der Herr Dr. Kopfig war nämlich sehr klein.
Sehr klein und sehr hässlich.
Drum trug er stets einen Anzug und eine auffällige Krawatte, die stracks nach unten wies auf seine unauffälligen Schuhe.
Diese Schuhe sahen aus wie ganz normale Schuhe, aber sie bargen ein Geheimnis, das ihren Träger um neun Zentimeter größer machte.
Wunderbar!
Und unsichtbar für andere!
Doch geriet dadurch der Herr Dr. Kopfig immer ins Stolpern, weil er seine Füße nicht hoch genug hob. Da!
Die Bordsteinkante! Vorsicht!
Stufe!
Und schon lag Kopfig auf der Nase.
Die blutete.

Die Nase des Herrn Dr. Kopfig

Die blutete.
Dabei besaß der Herr Dr. Kopfig ein schönes weißes Taschentuch.
Trotzdem blutete die Nase immer heftiger, denn der Herr Dr. Kopfig fiel immer häufiger.
Es gibt Nasen, die sind geradezu gemacht, um darauf zu fallen, so wie es andere Nasen gibt, die dazu da sind, um an Schaufensterscheiben platt gedrückt zu werden oder Schleim aus ihnen hervortreten zu lassen.
Jedenfalls wäre dem Herrn Dr. Kopfig eine solche Nase lieber gewesen.
Da er sich aber keine neue Nase kaufen konnte, kaufte er einen Spazierstock.

Der Spazierstock des Herrn Dr. Kopfig

Der Herr Dr. Kopfig kaufte einen Spazierstock.
Der Spazierstock sollte dafür sorgen, dass das Stolpern nicht zum Fall führte.
Das tat er nicht.
Stattdessen zerlegte er den Fall des Herrn Dr. Kopfig in drei Teile: Der Fall begann damit, dass Kopfig einen seiner Füße nicht hoch genug hob, mit dem Wunderschuh gegen ein Hindernis stieß und ins Stolpern geriet.
Nun kam der Spazierstock dazwischen, die Spitze fuhr scheinbar ziellos durch die Luft und suchte Bodenkontakt, krachte dann entschlossen auf einen Kiesel nieder und hielt den Fallenden für einen Moment in der Schräge.
Dann rutschte der Kiesel weg, mit ihm die Spitze des Stocks und mit dem Stock der Mann am Griff: Kopfig konnte seinen Fall fortsetzen.
Immerhin: er fiel langsamer, und seine Nase blutete weniger heftig.
Wer hinschaute, konnte sehen, dass der Spazierstock des Herrn Dr. Kopfig aus drei Teilen bestand.
Da war zunächst der Griff, der gebogen war, dann kam der eigentliche Stock, der gerade war wie eine Schnur, und am Ende war eine metallumkleidete Spitze, die Funken sprühte, wenn man damit auf den Gehweg stieß.
Diese Spitze brachte den Herrn Dr. Kopfig auf eine Idee.

Die Idee des Herrn Dr. Kopfig

Die metallumkleidete Spitze des Spazierstocks brachte den Herrn Dr. Kopfig auf eine Idee.
Die Folge war, dass seine Nase tatsächlich nicht mehr blutete.
Jetzt sprühte sie Funken.

Vollständiges Porträt des Herrn Dr. Kopfig

Wenn man die einzelnen Teile des Herrn Dr. Kopfig zusammensetzt, erhält man etwa dieses Bild:

Der Herr Dr. Kopfig trägt Schuhe, die ihn um neun Zentimeter größer erscheinen lassen.
Er hat eine Nase und einen Spazierstock.
Außerdem ist er ein Mann mit Ideen.

Übrigens: man findet zahlreiche Männer mit Ideen in den Destillen rings um den Marktplatz.

Die Destillen

Der Herr Dr. Kopfig machte eine Runde rings um den Marktplatz.
Er traf zahlreiche Männer mit Ideen in den Destillen.
Ein Sturz schien unaufhaltsam.
Eine Katze fällt immer auf die Füße, sagte einer der zahlreichen Männer mit den Ideen.
Es gibt Leute, die sind noch kleiner und noch hässlicher, sagte ein anderer. Außerdem sind sie dumm wie Erbsen, fügte ein dritter hinzu.
Was sind Erbsen, fragte Kopfig.

Der Marktplatz

Es war Markttag.
Die Marktfrauen verkauften Erbsen.
Die Marktmänner verkauften ebenfalls Erbsen.
Der ganze Marktplatz war ein einziger Berg von Erbsen.
Die Männer mit den Ideen verließen die Destillen rings um den Marktplatz nicht.
Sie wussten ja schon.

Auch der Herr Dr. Kopfig wusste jetzt, was Erbsen sind.
Schließlich war er ein Mann, der bis drei zählen konnte.
Das reichte, um den Horizont zu erweitern.
Man brauchte bloß einer der Straßen zu folgen, die sternförmig vom Marktplatz wegführten.

Aber welcher?

Welche, fragte Kopfig.
Welche was, fragte der Schutzmann.
Was, das ist eben die Frage, sagte Kopfig.
Was was, fragte der Schutzmann.
Ich weiß gar nichts, behauptete Kopfig.
Sie haben getrunken, mutmaßte der Schutzmann.
Das Einziehen der Luft durch die Nase war eine Frage.
Sie fand keine Antwort.
Nichts habe ich getrunken, sagte Kopfig.
Trinken Sie weniger, riet der Schutzmann.
Weniger was, fragte Kopfig.
Woher soll ich wissen, was, sagte der Schutzmann ärgerlich.
Fragend ragte seine Nase in den Wind.
Wieso woher, fragte Kopfig, wohin! Wohin, das ist es, was ich wissen will.
Woher, wohin – dem Schutzmann drehte sich der Kopf.
Fragen Sie die da, sagte er und wies in Richtung Kirche: Immer der Nase nach!
Da sagte Kopfig: Meine Nase gefällt mir nicht.
Darauf war vernünftigerweise nicht zu antworten.

Die Kirche, Aussenansicht

Die Kirche war ein romantisches Gemäuer mit einem kleinen Turm.
Am Turm hing eine Weckuhr.
Die Zeiger der Weckuhr waren stehengeblieben. Sie zeigten immerzu auf 5 vor 12.
Das rührt von dem Taubendreck, dachte Kopfig.
Die kleine romantische Kirche nannte sich Die Erklärte Kirche der Letzten Fünf.
Wer sind die, fragte sich Kopfig und hing einem Gedanken nach.

Der Spazierstock des Herrn Dr. Kopfig fuhr durch die Luft.
Die Spitze durchstieß ein Flugblatt.
Kopfig fiel.

Auf dem Flugblatt, welches von der metallumkleideten Spitze des Spazierstocks aufgespießt worden war, stand das Wort WURFSENDUNG.
Kopfig drehte das Blatt um und las:

KINDER ES IST DIE LETZTE STUNDE

schrieb Johannes in seinem ersten Brief.

Inzwischen ist es
5 vor 12, und die letzten Minuten laufen
4 Nutze die Zeit, die noch bleibt!
3 Lausche dem Prediger !!
2 Die Stunde ist nah !!!
1 Schnell, tritt ein !!!!
0 Jetzt aber rasch !!!!!

ERKLÄRTE KIRCHE DER LETZTEN FÜNF

Im Innern

Kopfig folgte der Einladung.
Im Innern der Kirche war es kühl und schattig.
Den Schatten spendeten zahlreiche schöne Möbel, die Kühle kam aus den Gefriertruhen, deren Deckel weit geöffnet waren.
Die meisten Gefriertruhen beherbergten eine gewisse Menge von Erdbeeren und Erbsen.
Andere nicht.
Auf einem Möbelstück saß Clara.
Auf anderen nicht.
Kopfig wurde nicht schlau.
Da ertönte von irgendwoher eine Stimme.

Die Predigt

Von irgendwoher ertönte eine Stimme.
Die Predigt hatte begonnen.

Er, der den Menschen aus Staub vom Erdboden gemacht hat, sprach der Prediger, hat ihm auch eine Nase gegeben.
Wo-, frug er, zu?
Um in selbige Nase dem Menschen den Atem des Lebens zu blasen, auf dass er lebe.
So wie man Silber und Kupfer und Eisen und Blei und Zinn in einem Schmelzofen zusammentut, um Feuer darunter anzublasen, um es zu schmelzen, sprach der Prediger, also ist ein Feuer in eurer Nase angezündet, welches ewig brennen wird.
Sprach der Prediger und leitete den zweiten Teil der Predigt also ein:
Avram, das heißt: meine Nase ist erhaben, war ein Mann von 99 Jahren, da fiel er auf sein Angesicht. Und der Herr sprach zu ihm: Nicht mehr Avram soll dein Name heißen, sondern Avraham, das ist: tobende Asche. Denn ein Funke entfacht ein Feuer, und ein kleines Feuer macht einen ganzen Wald der Asche gleich.
Folgt der Predigt dritter Teil und Konklusion, sprach der Prediger, und seine Stimme erlosch fast zu einem Flüstern:
Recket die Nase gen Himmel, dass der Funke nicht entweicht und zu Boden fällt. So heißt es schon im Hohelied: Eure Nasen seien wie Türme, die über die Stadt hinwegschauen.

Elemente der Religion

Das Mauerwerk ist eindrucksvoll.

Die stehengebliebene Uhr und das Flugblatt erwecken eine Erwartung.

Die Innenausstattung ist überaus mysteriös.

Auf biblischem Fundament erhebt sich ein gar seltsames Gebäude:

Er, der den Menschen aus Erbsbrei gemacht hat, hat ihm auch eine Nase gegeben. Wozu? Um ihm eine Erdbeere hineinzudrücken. So sind Niesen und Genießen ein und dasselbe, wenn man es von einer entsprechend hohen Warte betrachtet – und nichts anderes ist ja die Nase: ein stehengebliebener Wecker, der aus einer Gefriertruhe ragt.

Schau über die Stadt

Gäbe es einen Turm, der hoch genug wäre, dass man von seiner Spitze über die ganze Stadt hinwegschauen könnte, sähe man etwa dies:

Im Herzen ein Berg von Erbsen, umgeben von einem Ring von Destillen. Ha ha, da geht es lustig zu.
Vom Mittelpunkt führen in alle Himmelsrichtungen Straßen zwischen Häuserzeilen. Sie enden weit draußen im Feld.

Weit draußen im Feld ein roter Punkt.
Da fährt ein Mann auf einem Traktor.
Er verschwindet am Horizont.
Abnehmende Helligkeit.

II. Claras Sicht der Dinge

Claras Alltag

Der Alltag war grau und trüb.
Aber Clara sah alles mit anderen Augen.
Sie trug eine Brille, die ihren Blick schärfte für die schönen Dinge. Und unversehens bevölkerte sich der Tag mit Blumen und mit Steinen und mit Bäumen und mit Menschen, die nett und fröhlich waren.
Plötzlich stand am Himmel die Sonne.
Clara stand mit beiden Beinen auf der Erde.
Um die Beine strich eine Katze.
Die war grau.

Claras Katze

Die war grau.
Clara fand sie in einer Plastiktüte.
Die Plastiktüte war zugeschnürt und lag auf dem Grund des Feuerwehrlöschwasserteichs.
Als Clara die Tüte öffnete, fiel ein Ziegelstein heraus.
Die Katze regte sich nicht: sie schien schon tot zu sein.
Da schenkte ihr Clara einen Teil ihres Atems.

Claras Atem

Claras Atem roch.
Miez miez, sagte Clara.
Auf einmal nieste die Katze und schlug die Augen auf.
Die leuchteten wie Radium.
Clara winkte einem Feuerwehrmann.
Die Augen der Katze folgten erst der Bewegung der Hand und dann dem Mann, der um die Ecke verschwand.
Es wehte ein leichter Wind.

Mijau, sagte die Katze gleichzeitig mit Clara, und sie sagten es noch einmal: Mijau mijau.
Sie atmeten gemeinsam.

Claras Traum

Manchmal hatte Clara einen Traum.
In diesem Traum liebten einander ein Dachhase und ein Dachziegel, und sie wurden ein Paar. Die Häsin warf 7 Steine.
Einer versank in einem Teich.
Einer durchschlug eine Schaufensterscheibe, auf der die Abdrücke von Nasen zu sehen waren.
Einer flog einfach durch die Luft.

Clara erwachte, bevor sie sehen konnte, was mit den übrigen Steinen geschah.

Clara im Spiegel

Clara betrachtet sich gern im Spiegel.
Der Spiegel betrachtet gern Clara.
Was er dann sieht, ist Folgendes:

Eine schöne junge Frau, die mit beiden Beinen fest auf der Erde steht.
Im Hintergrund der Feuerwehrlöschwasserteich.
Ein Ziegelstein fällt hinein.
Die Oberfläche kräuselt sich: Claras Atem.
Claras Sehhilfe und Claras Blick auf die Uhr:

Sie muss jetzt gehen.
Es ist Zeit.

Zifferblätter

Es war Zeit.
Clara musste los.
Sie arbeitete in der Manufaktur.
Die Manufaktur stellte Zifferblätter her.
Clara und Maria und viele andere Frauen bemalten Zeiger und Ziffern.
Die Farbe leuchtete im Dunkeln.
Wie die Augen meiner Katze, sagte Clara.
Du hast eine Katze, fragte Maria.
Ja, ich habe eine Katze, sagte Clara.

Sie stellte ihr eine Schale Milch hin.
Ich muss los, sagte sie.
Clara ging los.

Semmeln

Clara ging los.
Unterwegs kaufte sie ein paar Semmeln.
Der Morgen war frisch.
Die Semmeln waren warm.
Clara grüßte.
Clara wurde zurückgegrüßt.
Das Grüßen und das Zurückgrüßen wiederholte sich.
Jedesmal bildeten sich kleine Nebel vor den Gesichtern.
Die Nebel berührten sich und verschmolzen miteinander und lösten sich wieder auf.
Die Semmeln waren verschwunden.
Clara war da.

Und

Clara war da.
Vergangene Nacht sind im Institut alle Lichter erloschen, sagte Maria.
Und, sagte Clara.
Und niemand wusste die Zeit, sagte Maria.
Und, sagte Clara.
Jetzt sollen wir ihre Uhren streichen, sagte Maria, sie sind nicht sichtbar im Dunkeln.
Und wo sind die Uhren, sagte Clara, es ist doch nicht mehr dunkel, und ich sehe sie trotzdem nicht.
Die Uhren sind nicht da, sagte Maria, sie sind unverzichtbar im Institut. Wir sollen hinaufgehen, hat der Chef gesagt, sagte Maria, und zwei Eimer mitnehmen.
Und nichts verschütten, sagte Clara.
Hat der Chef gesagt, sagte Maria, dann stutzte sie und schaute Clara an.
Die lachte.
Und.

Und Clara und Maria nahmen die Eimer und gingen hinauf zum Institut. Als sie oben angekommen waren, sahen sie, dass das Institut nicht oben war.
Oben war der Parkplatz.
Clara und Maria stellten die Eimer auf dem Parkplatz ab und schauten sich um.
Das Institut war unter dem Parkplatz. Über eine Wendeltreppe gingen Clara und Maria hinunter in das Institut.
Wir sind angemeldet, sagten Clara und Maria.
Sofort, meine Damen, sagte der Pförtner, der sie mit zwei angemeldeten Damen verwechselte, die graduiert waren, der Herr Doktor wird sofort da sein.
Der Herr Doktor war sofort da und sagte, dass er der Herr Doktor sei. Darauf sagte Clara, dass sie Clara sei, und Maria sagte, dass sie Maria sei, aber der Herr Doktor verwechselte sie sofort miteinander und nannte Clara Maria und Maria Clara.
Er sagte: Kommen Sie, Clara, und sah dabei Maria an, und er sagte: Kommen Sie, Maria, und sah dabei Clara an.
Clara Maria und Maria Clara folgten dem Doktor.
Maria Clara sagte: Was für ein hässlicher kleiner Mann.
Clara Maria schaute und sah und konnte das nicht finden.

Der Herr Doktor zeigte Clara eine Zahnbürste und fragte: Was ist das?
Clara sah die Zahnbürste an und zögerte: Ich bin nicht sicher.
Und Sie, Clara, wissen Sies, fragte der Doktor Maria.
Maria sagte: Eine Zahnbürste, nicht wahr?
Nein, falsch, sagte der Doktor, es handelt sich um eine herkömmliche Zahnbürste. Wie alle herkömmlichen Produkte schneidet sie schlecht ab im Vergleich mit einem modernen Erzeugnis.
Er zeigte Maria ein Glas, auf das ein Deckel aufgeschraubt war.
Und was ist das?
Maria sagte: Ich würde sagen, es ist ein Zahnputzbecher, wenn der Deckel nicht wäre.
Ein herkömmlicher Zahnputzbecher mit Deckel, verbesserte Clara Maria.
Auch falsch, sagte der Doktor, Sie müssen den Inhalt sehen.
Clara und Maria sahen nichts.
Dann sagte Clara: Ein herkömmliches – Nichts?
Oh nein, sagte der Doktor, es ist ein Irrtum, dem Unsichtbaren die Qualität des Nichts zuzuschreiben. Sie sehen hier – oder vielmehr: Sie sehen nicht – ein herkömmliches Virus. Unsichtbar und absolut tödlich.
Clara und Maria betrachteten das Glas mit staunender Ehrfurcht.
Der Doktor wischte die staunende Ehrfurcht mit einer Handbewegung beiseite und sagte: Kleinigkeiten.

Das Institut weitete sich.
Es bildete eine Stadt unter der Stadt.
Der Doktor sagte, es sei eine herkömmliche Stadt.
Sie nahmen die herkömmliche Straßenbahn und durchfuhren die herkömmliche Stadt. Sie schien vollkommen zu sein, aber der Doktor sagte: Letzte Nacht hatten wir hier einen totalen Stromausfall, so etwas kommt in einer modernen Stadt nicht vor.
Clara und Maria schauten durchs Fenster und sahen Häuser und Bäume, Straßen und Fabriken, ja sogar Menschen, die sich in Automobilen fortbewegten.
Großartig, sagten Clara und Maria.
Aber der Doktor wies auf die Gebrechen hin und sagte: Das alles hat Fehler und Mängel.
Es war in den Außenbezirken, da entgleiste die herkömmliche Straßenbahn.
Das ist kein Beinbruch, sagte der Doktor, es ist eine Kinderkrankheit der herkömmlichen Welt, der Fortschritt wird Gesundung bringen.
Der Doktor und Clara und Maria verließen die herkömmliche Straßenbahn und stiegen auf den roten Traktor.
Der Motor des roten Traktors klang neutönerisch.
Herkömmliche Zukunftsmusik, sagte der Doktor.

Der Doktor reichte Clara und Maria je ein Scherenfernrohr und sagte: Sehen Sie den Signalmast?
Undeutlich, sagte Clara, aber man konnte sie nicht verstehen, da der Motor des roten Traktors ihre Stimme übertönte.
Maria nickte zweifelnd.
Das ist der Punkt, sagte der Doktor, an dem sich die herkömmliche Welt mit der modernen Welt berührt. Wenn wir ihn überschritten haben werden, werden beide Welten identisch geworden sein.
Der Lärm des Motors schwoll an.
Es ging voran.
Aber bevor der rote Traktor den Signalmast erreichte, sprang ein Bolzen aus dem Getriebe.

Flüchtiger Rückblick

Auf einem Parkplatz stehen zwei Eimer mit Leuchtfarbe.
Sehen sich Clara und Maria nicht zum Verwechseln ähnlich?

Noch ist ihnen leicht schwindelig vom Abstieg über die Wendeltreppe: kein Wunder, dass sie die Dinge falsch sehen und den Fehler nicht finden können.

Der Doktor aber weiß alles: mit dem Scherenfernrohr blickt er in die Zukunft.

Claras Sicht der Dinge

Clara allein.
Die Dinge sind verschwunden.
Sie erinnert sich: Zifferblätter, Semmeln und Eimer.
Nun ist da auf einmal ein Nebel, der immer dichter wird.

Irgendetwas leuchtet.

III. Maria in den Sternen

In die Sterne sehen

Kopfig richtete sein Fernrohr ins Unbestimmte.
Das Fernrohr zielte geradewegs auf einen Stern.
Kopfig blickte hindurch und sah: Clara.
Maria, dachte er.

Clara sah sich sitzen.
Gegenüber saß der Doktor.
Zwischen ihnen dampfte die Suppe, bröckelte das Brot.
Wie wollen wir beginnen, fragte der Doktor.
Ich brocke ein, sagte Clara, Sie löffeln aus.
Gut, sagte der Doktor.
Nach einer Weile sagte Clara: Jetzt bin ich dran und Sie sind an der Reihe.
Der Doktor reichte Clara den Löffel und begann zu brocken.
Clara löffelte, bis der Teller leer war.
Sie wischte sich den Mund und sagte: Nun können wir einander DU sagen.
Du, sagte der Doktor.
Du, sagte Clara.
Und sie sagten es noch einmal gemeinsam:
Du.

Über den Stein stolpern

Kopfig stolperte über einen Stein.
Es war einer der Steine aus Claras Traum.
Kopfig hob den Stein auf.
Es war Sabbat.
In diesem Moment erwachte Clara.
Ihr Traum hatte eine Veränderung erfahren.
Es gab nur noch sechs Steine.
Der siebente ruhte in Kopfigs Tasche.

Blick ins Schaufenster

Clara presste ihre Nase gegen das Glas.
Da flatterte eine Fülle von Schmetterlingen und Schleifen.
Claras Blick wanderte hinüber zu den Selbstbindern.
Deren Farben schrillten.
Er trug das.
Claras Auge erfasste einen zierlichen Schmetterling an der Peripherie.
Eine derartige Fliege, schoss es durch Claras Kopf, stünde ihm besser zu Gesicht.

Ahnung von Nähe

Kopfig ahnt Clara im All.
Du, sagt sie dicht hinter ihm.
Schon trägt er eine ausgesuchte Schleife.
Clara ahnt einen ihrer Steine in des Doktors Tasche.
Sie will ihn wiedersehen.
Unbedingt.

Kopfig streunte durch die Straßen.
Er kannte die Stadt.
Die Stadt war nicht groß.
Kennen Sie Maria, fragte er jeden.
Die Masse gab keine Auskunft.
Die Massen saßen in den Automobilen. Sie drückten das Gaspedal nieder und fuhren davon. Die Radler legten einen höheren Gang ein und zerstreuten sich. Vereinzelte Fußgänger bemaßen ihre Schritte länger und fanden sich zusammen im Omnibus.
Es war ein Eilen und Flüchten.
Man ölte den Blitz und schoss davon.
Kopfig blieb unbeholfen.
Mehrmals stürzte er.
Seine Taschen füllten sich mit Steinen.
Nur einer gehörte zu Claras Wurf.
Aber welcher?

In der Versenkung

Clara saß in sich versunken.
Sie warf Brot in den Teich.
Hallo Clara, sagten die Enten.
Clara wandte sich um: Da stand Maria.
Sie hatte ein glänzendes Mäntelchen um, wie es gewöhnlich von Außerirdischen getragen wird.
Matt schaust du aus, sagte Clara, ganz silbergrau und sonderbar.
Eingeweidesenkung, sagte Maria, die Schwerkraft macht mir arg zu schaffen.
Clara musste immer an den Doktor denken.
Maria musste husten.
Es kam Blut.
Schwindsucht, sagte Maria, bald werde ich weit weg sein.
Der Doktor ist weit weg, musste Clara denken.
Einmal musst du auch an mich denken, sagte Maria, versprich es.
Ich verspreche es, sagte Clara.
Ich gehe jetzt, sagte Maria, du wirst mich finden.

Bis zum Gehtnichtmehr

Indes suchte Kopfig Clara auf dem Markt.
Ein über den anderen Tag ging er dorthin.
Alle gingen dorthin, um einzuholen.
Nichts als Erbsen.
Kopfig stocherte lustlos.
Die Suppe mundete nicht.
Wenn du wüsstest, wie satt ich dich hab, sagte Kopfig, jeden Tag Erbsen, Erbsen bis zum Gehtnichtmehr.
Kopfig blies Trübsal.
Die Suppe ließ es kalt.

Genrebild: Landschaft mit Bauern

Clara gewann Abstand.
Sie saß im Omnibus und fuhr aufs Land.
Die Landschaft entfaltete sich und zeigte ihre Reize.
In Gummistiefeln standen Bauern.
Unter dem Arm trugen sie kleine Schweine.
Ein jeder hielt eine Mistgabel in der Hand.
Sie hielten gerne still.
Man konnte fotografieren.

Dann kam das Landeskrankenhaus.
Dort lag Maria.

Dort lag Maria.
Sie haben mir alle Organe entfernt, sagte sie, und immer noch wiege ich drei Zentner.
Ich habe dir Lebkuchen mitgebracht, sagte Clara.
Meine Leibspeise, sagte Maria, weißt du, wieviel Schiffe da draußen kreisen?
Wo, fragte Clara.
Um die Erde, sagte Maria.
Nein, sagte Clara.
Siebzehn Millionen, sagte Maria, und sie alle haben die Form menschlicher Organe: Lebern, Nieren, Herzen …
Unvorstellbar, sagte Clara.
Man sollte es nicht für möglich halten, sagte Maria, aber es gibt Röntgenaufnahmen, die es beweisen: Ich werde bald nicht mehr hier sein.
Wie hat es begonnen, fragte Clara.

Sprossen der Leiter

Es hat damit begonnen, sagte Maria, dass ich im Kaufhaus eine eigenwillige Klaviermusik hörte. Da wusste ich, dass ich die Erfinderin der Tonleiter war, und ich hieß Bedura Smoll.

Es war klein und knorpelartig und streichelte Beduras Hüfte.
Bedura zählte vier Finger und 27 Handknochen.
Das schien fast menschlich und beruhigte.

Bedura, telefonieren Sie?
Von Zeit zu Zeit, sagte Bedura, ziehe ich mich aus dem Privatleben zurück in eine öffentliche Klinik.

Man machte Aufnahmen von Beduras fünfzig Lungen und kartografierte das Gelände.
Es war kreisförmig.
Hier würden die Außerirdischen landen.

Ich habe meinen Bausparvertrag gekündigt, sagte Maria, bald kehre ich zurück zu den Sternen.

Ende der Leiter

Ein Tropf tropfte.
Einer pfiff aus dem letzten Loch.
Fünf spiegelblanke Bettpfannen blinkten.
Maria lag in den letzten Zügen.
Clara stopfte Lebkuchen in sie hinein.
Mehr, sagte Maria, im anderen Leben werde ich nichts mehr bekommen. Fett muss man sein, sonst fällt man durch die Maschen.
Mehr …
Mehr ging nicht.
Maria hatte das Ende der Leiter erreicht.

Es klopfte.
Herein kam der Doktor Kopfig.
Maria, rief Kopfig.
Ist nicht mehr, sagte Clara.

So ist das

Clara erklärt:

Ich bin Clara.
Eine Maria hat es nie gegeben.
Maria, so nannten wir den Gartenzwerg, der im Klostergarten den Gemüseanbau überwachte. Er trug Gummistiefel und wog drei Zentner.
Eines Tages war er verschwunden.
Im Hof entdeckten wir einen Kreis von siebzehn Meter Durchmesser.
Man sprach damals von einer Entführung durch Außerirdische.
Der Kreis ist heute noch sichtbar.

Blöd, aber so ist das.

Maria in den Sternen

Kopfig verwechselt Clara.
Aber mit wem?
Kopfig erinnert sich an Clara.
Er erinnert sich ebenfalls an Maria.
Er erinnert sich an den Namen Maria zusammen mit der Person Clara.
Und er erinnert sich an den Namen Clara zusammen mit …
Nein, er erinnert sich nicht an Maria.
Maria ist spurlos verschwunden.

Aber einmal sieht Kopfig in die Sterne.
Und er sieht: Maria.
Clara, denkt er.

IV. Annäherungen

Das Stelldichein

Sie trafen sich einstweilen auf eine Tasse Tee.
Gebäck kam hinzu.
Kopfig krümelte.
Clara nahm ihres für die Enten.
Nach wie vor ging sie zum Teich, um sich zu versenken.
Kopfig schlürfte.
Ich habe eine Katze, sagte Clara.
Wie, fragte Kopfig.
Ich habe eine Katze, sagte Clara.
Kopfig verschwieg seine Abscheu.
Katzen gehören ertränkt, dachte er.
Was denken Sie, fragte Clara.
Kennen Sie schon das Lichtspielhaus, fragte Kopfig.

Im Lichtspielhaus

Im Dunkel des Lichtspielhauses fand Kopfigs Hand Claras Knie.
Nicht, sagte Clara.
Verzeihung, sagte Kopfig und zog seine Hand zurück.
Der Rückzug führte über den Oberschenkel zur Hüfte.
Halt, gebot Clara.
Kopfig gehorchte.
Seine Hand verhielt an Claras Hüfte.
Tun Sie was, flüsterte Clara.
Was, fragte Kopfig irritiert.
Sie sollen mich streicheln, zischte Clara.
So, fragte Kopfig.
Fast, sagte Clara.

Die Lichter gingen wieder an.
Was nun, fragte Kopfig.
Jetzt müssen Sie mich zum Essen einladen.

Ein erstklassiges Lokal

Kopfig kannte das Lokal nicht.
Clara schon: Die Erbsensuppe ist hier wirklich erstklassig, sagte sie.
Die Suppe flößte Kopfig Widerwillen ein.
Wie finden Sie sie, fragte Clara.
Gut gut, sagte Kopfig lustlos stochernd.
Sie müssen Brot einbrocken, sagte Clara, sehen Sie: so.
Clara brockte Brot in Kopfigs Teller.
Jetzt versuchen Sies, sagte sie.
Da schob Kopfig den Teller weg und sagte: Ich kann nicht.
Sie –, schrie Clara und schluchzte.
Da sagte Kopfig: Es muss DU heißen.
Ach du, schluchzte Clara.
Du, sagte Kopfig.

Gemeinsam verließen sie das Lokal.

Gemeinsam verließen sie das Lokal.
Auf bald, sagte Kopfig.
Auf bald, sagte Clara.
Sie standen vor dem Lokal.
Ich gehe dann, sagte Kopfig.
Ja, sagte Clara.
Sie standen immer noch vor dem Lokal.
Du, sagte Clara.
Ja, fragte Kopfig.
Willst du mich nicht nach Hause bringen?
Ja schon, sagte Kopfig.
Nimm meinen Arm.
So richtig?
Fast.
Hm.

Endlich setzten sie sich in Bewegung.
In die falsche Richtung.

Schritt für Schritt

Clara und Kopfig haben viele Gemeinsamkeiten.
Beide mögen kein Gebäck.
Aber sie mögen das Lichtspielhaus.
Ein Anfang ist gemacht.
Es geht voran.

Gemeinsam gehen sie in die falsche Richtung.

Glücklich

Clara und Kopfig Arm in Arm.
Wohin?
Man müsste einen Schutzmann fragen.
He Schutzmann! Kopfig schrie es durch die Nacht: Wohin?

Clara war glücklich zu Haus.
Kopfig war glücklich auf der Straße.
He Schutzmann!
Ein Passant schaute sich um.
Wohin, schrie Kopfig.
Klapsmühle, sagte der Patient und tippte sich an die Stirn.
Sie befinden sich im Irrtum, schrie Kopfig, da gehts hin, und presste seine Hand aufs Herz.

Traumverloren

Kopfig und Clara Hand in Hand.
Traumhaft.
Kopfig verlor sich träumend auf der Straße.
Clara verlor sich träumend an Kopfig.
Im Haus wachte die Katze.

Clara sprach mit ihr.
Aber die Katze sprach nicht mit Clara.
Heute nicht.
Clara streichelte ihr Fell.
Doch die Katze wollte nicht schnurren.
Nicht heute.
Sie wollte auch keine Milch.
Dann eben nicht, sagte Clara.

Kopfig und Clara in der Nacht.
Kannst du den Stern dort sehen, fragte Kopfig.
Er deutete mit dem Spazierstock ins Unbestimmte.
Tatsächlich war da ein Stern.
Den schenke ich dir, sagte Kopfig.
Clara staunte.
Dieser Stern erschien mir, sagte Kopfig, nachdem ich dich das erste Mal gesehen hatte. Und ich nannte ihn CLARA.
clara, so heißt auch meine Katze, sagte Clara.
Kopfig sträubten sich die Haare.

clara sträubten sich die Haare.
(clara hieß clara, weil sie Claras Atem atmete.)
Im Schloss ging der Schlüssel.
Durchs Fenster blickte CLARA.
(CLARA hieß CLARA, weil Kopfig CLARA nach Clara benannt hatte.)
Die Tür ging auf.
Herein kam Clara.
(Clara hieß selbstverständlich Clara.)
Hinter ihr ging Kopfig.
clara fauchte.
Sch, clara, sch, sagte Clara, das ist –

Kopfig.
clara kannte Kopfig.
clara wusste etwas, was Clara nicht wusste.
Kopfig hatte eine Katzenhaarallergie.
Deswegen verpackte er Katzen in Plastiktüten.
Deswegen versenkte er Katzen im Teich.

So war das.

Das ist clara, sagte Clara.
clara scheint mich nicht zu mögen, sagte Kopfig.
Clara mag dich sogar sehr, sagte Clara.
Dann muss Clara einsehen, sagte Kopfig, dass hier eine clara zuviel ist.
Clara blickte durchs Fenster.
Da stand CLARA.
Clara zog langsam die Jalousie herunter.
CLARA verschwand.
Im Raum wurde es dunkel.

Der Raum war dunkel.
Kopfig hörte Claras Atem. (Der roch.)
Kopfig sah claras Augen. (Die leuchteten wie Radium.)
Kopfig schleuderte seinen Spazierstock.
Etwas klirrte.
Etwas mijaulte.
Etwas schlug schwer zu.
Plötzlich war Licht.
Im Licht stand Kopfig.
Er schaute sich um:

An einer Wand war das Fenster.
An der gegenüberliegenden Wand war die Tür.
Clara stand im Winkel.
An der dritten Wand stand ein Sofa. Neben dem Sofa ein Grammophon.
An der gegenüberliegenden Wand hing eine zerstörte Uhr. Am Boden zersplittertes Glas und Kopfigs Spazierstock.
Weitere Wände und Gegenstände gab es nicht.

Kannst du ein Grammophon aufziehen, fragte Clara.

Der Kuss

Kannst du ein Grammophon aufziehen, fragte Clara.
Nichts, was ich lieber täte, sagte Kopfig, wo ist die Kurbel?
Blödmann, sagte Clara.
Die Kurbel war am Grammophon.
Kopfig drehte.
Die Feder ächzte.
Kopfig öffnete das Gehäuse.
Vom Teller sprang die Katze.
Clara öffnete die Tür, die Katze entwich.
Endlich.
Kopfig atmete freier.
Claras Atem näherte sich …

Au, sagte Clara, was hast du da an der Nase.

Einmalig

Dreimal Clara.
Ein Stern erlischt.
Eine Uhr zerbricht.
Das Grammophon spielt nicht.
Die Katze springt vom Teller.
Endlich ist Clara allein mit Kopfig.

Da springt ihr Kopfigs einmalige Nase ins Gesicht.

Das Herz

Plötzlich hat Kopfig ein Herz.
Darin träumt Clara.
Sch, Clara.
Sch.

V. Und alles

Der Geradlinige

Der Herr Dr. Kopfig ist ausschließlich ein Freund des Exakten.
Ausschließlich: das heißt, dass seine exakte Liebe zu geraden Linien die Liebe zu anderen Dingen ausschließt.
Trotzdem verliebt er sich in eine kurvige Laufstegschönheit.
Man ist sich näher gekommen in einer Gegend ohne Weg und Steg, in der die herkömmlichen Produkte der Schallplattenindustrie gespielt werden.
Sagt er.

Die Schwärmerische

Die Dahergelaufene ist eine Freundin mystischer Schwärmerei.
Sie heißt selbstverständlich Clara.
Selbstverständlich: das heißt, dass man das nicht weiter zu erklären braucht.
Trotzdem ist Clara nicht einfach und unkompliziert.
Im Anfang war die Erde rund und flach, sagt sie.
Wie eine Grammophonplatte.

Lichtspielbetrachtung I

Musik erklingt.
Dann erscheinen Buchstaben auf der Leinwand.
Clara entziffert: …fahren im Straßen…

Kleine Leute – kleiner noch als Kopfig – tummeln sich auf einer Straße.
Sie spielen mit einer kleinen Kugel.
Die kleine Kugel heißt: BALL.
Aus einem Haus tritt eine Frau.
Passt auf, Kinder, schreit sie.
Ein Automobil rast heran und fährt die kleine Kugel platt.
Auf der Leinwand erscheint ein Wort.

Clara entziffert: ERDE.

Lichtspielbetrachtung II

Kopfig sieht Mondkälber.
Das Lichtspiel hat eine Tonspur und Untertitel in Blockbuchstaben.
Kopfig sieht Kühe auf einer Weide.
Noch sind sie ganz klein, sagt der Sprecher.
KLETTERNDE KATZEN, liest Kopfig.
Doch bereits nach sieben Tagen, sagt der Sprecher, platzen sie aus ihrem Pelz und zeigen ihre Krallen.
Ein Wiederkäuergebiss mahlt Wiesenblumen.
KLEBRIGE KLAVIATUR, liest Kopfig.
Schwenk ohne Schnitt auf Hornvieh beim Geschlechtsakt.
Rasch erreichen sie die Reife, sagt der Sprecher und hüstelt.
Rasselnder Atem auf der Tonspur.
KATZENHAARALLERGIE, liest Kopfig.
Das Rasseln geht über in ein Klirren.
Kopfig sieht Milchflaschen auf einem Fließband.
Schwenk ohne Schnitt auf eine zerbrochene Milchflasche am Boden.
KATZENELEND.

Landschaft ohne Kühe

Auf einer Wiese Kuhdreck.
Der Tonabnehmer Kopfig überklettert den Zaun.
Mit dem Spazierstock kritzelt er Zeichen in den Dreck.
Da beginnt der Dreck sich zu drehen.
Grammophonmusik ertönt.
Clara tanzt.
Sie präsentiert ein neues Kleid.
Wie findest dus, fragt Clara.
Geht so.

Die Erdbeeren

Es ist Sommer.
Der Markt ist gesättigt.
In den Destillen wird Erdbeerbowle getrunken.
Clara und Kopfig streben zum Zentrum.
Clara tätigt den Erdbeereinkauf.
Derweil widmet sich Kopfig schon dem Endprodukt.

Die Endverbraucher sind schon alle lustig.
Hast du sie schon, fragt einer.
Kopfig versteht nicht.
Alle lachen.
Einer sagt: Die würd ich auch gern mal.
Einer sagt: Frag nicht nach Sonnenschein.
Einer sagt: Haha.

Der Einkauf

Clara wünscht einen guten Tag.
Sonst noch Wünsche, sagt die Marktfrau.
Clara verlangt Erdbeeren.
Rote oder grüne, fragt die Marktfrau.
Grüne, fragt Clara.
Grüne sind klein, selten und darum kostspielig, sagt die Marktfrau.
Clara wählt die kostspieligen.
Die sind heute wieder voll, sagt die Marktfrau.
Clara versteht nicht.
Die Marktfrau deutet zu den Destillen hinüber.
Clara schaut sich um.
Da liegt ein Mann auf dem Pflaster.
Ich bin soweit, sagt der Mann.

Claras Gang

Ich bin soweit, sagt Kopfig.
Hauch mich mal an, sagt Clara.
Vor Kopfigs Gesicht erscheint ein kleiner rosafarbener Nebel.
Der Nebel riecht.
Am helllichten Tag, sagt Clara und deutet auf die Weckuhr am Kirchturm.
Die geht nicht, sagt Kopfig.
Denkst du, sagt Clara.
Und geht.

Claras Gang ist wie's Gewitter.
Kopfig kann nicht folgen.
Jetzt nicht.

Die Truhe

Aus dem Licht tritt Clara in den Schatten.
Sie wirft Kostspieliges in eine Truhe.
Die Truhe spielt: Wunderschön prächtige.
Clara sagt: Früher spielte ich. Ich spielte –
Clara stockt.
Die Truhe spielt wunderschön.
Clara sagt: Ich spielte passagenweise aus dem Kopf. Ich –
Und weiß nicht weiter.
Die Truhe spielt.
Clara spielte.
Die Truhe,
die –

Oben in Kopfigs Kammer

Die Truhe, die oben in Kopfigs Kammer steht, spielt nicht.
Es ist eine herkömmliche Truhe.
Sie hält Erbsen kühl.

In Kopfigs Kammer steht auch ein Tisch.
Darauf steht ein Teller.
Darin steht knöcheltief die Suppe.

Kopfig geht von einer Ecke in die andere.
Er raucht eine Zigarette nach der anderen.
Die Zigaretten wollen nicht munden.

Kopfig will Clara.
Aber Clara will und will nicht kommen.

Wie es unten ist

Clara sieht oben ein Licht.
Clara sieht auch einen Schatten.
Der Schatten bewegt sich.
Clara überlegt hin und her.

Da öffnet der Schatten das Fenster und wirft etwas hinab.
Das glüht.

Wie es unten ist, ist es erloschen.

Der Ruf

Ein Ruf ergeht.
Der Ruf gilt Clara.
Komm, Clara, komm.

Und noch einmal:
Clara, komm herauf.

Und Clara läuft.

Und Clara läuft die Treppen hinauf.
Und Kopfig läuft die Treppen hinab und ein Schritt hat die Länge von 3 Stufen und Kopfig macht 5 Schritte, um 14 Stufen zurückzulegen, und da hat er das Ende der ersten Treppe erreicht.
Clara aber nimmt 2 Stufen mit einem Schritt und sie macht 5 Schritte, um 9 oder 10 Stufen zurückzulegen, und sie macht 9 oder 10 Schritte, um 18, 19 oder 20 Stufen zurückzulegen, und sie macht 14 Schritte, da hat sie das Ende der zweiten Treppe erreicht.
Und Kopfig macht ebenfalls 14 Schritte, da hat er das Ende der dritten Treppe erreicht, und es sind 5 Treppen und Clara begegnet Kopfig am Ende der zweiten Treppe, und jede Treppe hat 14 Stufen und Kopfig begegnet Clara am Ende der dritten Treppe, und alle Treppen zusammen haben 70 Stufen.
Und alles …

Und alles

…

…

…

bricht zusammen.

…

…

VI. Die Wäsche

Der Hausmeister

Das Haus war hin.
Ich wühlte im Schutt.
Da lagen Clara und Kopfig.
Tja, sagte ich, und dass ich der Hausmeister sei.
Clara und Kopfig sagten, sie seien Überlebende.
Was ist passiert, fragte ich.
Sie wussten das nicht.
Ich kann mich an nichts erinnern, sagte Kopfig.
An gar nichts, fragte ich, auch Sie, Clara, nicht?
An das Verschwinden von Dingen, sagte da Clara.
An Dinge, fragte ich, was für Dinge?
Nicht an die Dinge, sagte Clara, nur an das Verschwinden.

Unsichtbar, murmelte Kopfig, absolut unsichtbar.
Und Nebel, sagte Clara, ja, ich erinnere mich an Nebel.
Da waren viele kleine Nebel.

Die Soldaten

Da waren viele kleine Nebel.
In der Morgendämmerung marschierten die Soldaten.
Sie zogen in die Stadt.
Die Menschen grüßten die Soldaten.
Die Menschen wurden zurückgegrüßt.
Das Grüßen und das Zurückgrüßen wiederholte sich.
Jedesmal bildeten sich kleine Nebel vor den Mündern der Menschen. Und jedesmal bildeten sich kleine Nebel vor den Mündungen der Gewehre.
Die Nebel berührten sich und verschmolzen miteinander und lösten sich wieder auf.
Die Menschen verschwanden.
Die Soldaten waren da.

Der Regen, die Splitter

Die Soldaten waren da.
Sie betraten die Häuser.
Sie stiegen die Treppen hinauf.
Sie drangen in die Zimmer ein.
Sie warfen alle Gegenstände durch die Fenster.

Ein gläserner Sprühregen ging nieder.
Die Splitter des Regens vermischten sich mit den Gegenständen, und die Splitter der Gegenstände vermischten sich miteinander.

Alles verwandelte sich.

Der Schnee, die Knochen

Alles verwandelte sich.
Ein Grammophon verstreute die Knochen eines jungen Tieres.
Aus einem Bücherschrank erhob sich ein Schwarm brennender Schmetterlinge.
Die Asche der Schmetterlinge drang in die Nase eines Rindes.
Das Rind schnarchte den Winter herbei.
Der Schnee aus den Nüstern bedeckte das Skelett des Grammophons.
Das Tier, das alles vertilgte, entstand.
Es war selbst nicht greifbar.
Es sagte: Trotzdem.
Und erstarkte.

So oder ähnlich

Der Hausmeister erfragt die Nebel.
Die Nebel sind freundlich und feindlich.
Sie dringen in die Zimmer ein und bringen die Dinge zum Verschwinden.

Draußen verzerrt ein gläserner Regen die Wahrnehmung.
Im Rinnstein sieht Kopfig einen Kater.
Schau, sagt er, eine Windel.
Diese Ähnlichkeit, sagt Clara.

Dann schneit es.

Die Kanonade

Eine bedeutende Kanonade fand statt.
Die leeren Häuser fielen in Schutt.
Tja, sagte der Artilleriehauptmann, und dass er der König sei.
Clara und Kopfig sagten, sie seien Überlebende.
Wo ist der Hausmeister, fragte der König.
Clara und Kopfig wussten das nicht.
Der Hausmeister ist nicht da, sagte Clara.
Der Hausmeister sagte, er werde jetzt gehen, sagte Kopfig.
Das Licht ging aus und etwas schlug schwer zu.

Lid der Lerche

Eine Tür schlug zu.
Der Hausmeister war gegangen.
Viele Türen schlugen zu.
Das Zwielicht war eingetreten.

Das Zwielicht machte alles grau.
Die Erbsen und das Geflügel.
Die wohlriechende Wicke und die spätreifenden Pfirsiche.
Die Nase des Hirschkalbs und die Augenlider der Lerche.

Staub und Asche.

Nach der Wäsche

Aus der Wäsche schaute Clara.
Die Wäsche war grau wie der Schnee.
Der schmolz.
Kopfig stand mit beiden Füßen im Wasser.
Das Wasser war kalt wie das Glas.
Das brach.
Am Ufer lauerte der König.
Der König warf mit Steinen.
Die trudelten.
Die hatten Drall.
Die trafen trotzdem.

Der König sagte: Ich frage euch.

Der gute König

Der gute König sagte: Ich frage euch.
Clara und Kopfig sagten: Wir werden antworten.
Der König fragte: Wer bin ich?
Du bist der König, sagten Clara und Kopfig.
Der König fragte: Wie bin ich?
Du bist gut zu uns, sagten Clara und Kopfig.
Warum bin ich so, fragte der König.
Clara und Kopfig antworteten: Weil du der König bist.

Genau, sagte der Artilleriehauptmann und nickte.

Schlecht geträumt

Genau, sagte der König und nickte ein.
Clara und Kopfig verließen das Flussbett.
Sie waren jetzt wach.

Ich bin ganz wach, sagte Clara, ganz wach und ganz nass.
Auch ich, sagte Kopfig, habe schlecht geträumt.
Ich saß in der Straßenbahn.
Es war aber eine Wasserstraße.

Das gelbe Buch

Es war aber eine Wasserstraße.
Die Leute, die da gingen, trugen alle Regenschirme.
Die Straßenbahn war voll.
Kopfig saß und las in einem gelben Buch.
Das Buch war sehr gelb.
Einem Manne fiel das ins Auge.
Was lesen Sie da, fragte er.
Kopfig schaute auf: Der Mann war gut.
Guter Mann, sagte Kopfig, ich lese ein gelbes Buch.
Ach so, sagte der gute Mann, ich lese gerade etwas Ähnliches, wollen Sie es sehen?
Kopfig wollte.
Das Buch des guten Mannes war sehr ähnlich.
Es hatte die Farbe einer knalligen Apfelsine.

Mit einem Ruck fuhr die Straßenbahn an.

Die Apfelsinen

Mit einem Ruck fuhr die Straßenbahn an.
Eine alte Frau fiel zu Boden.
Eine Plastiktüte riss.
Die Apfelsinen rollten durch den Gang und unter die Sitze.
Einige wurden zertreten.
Andere nicht.
Kopfig vertiefte sich.

Vertieft

Kopfig ist vertieft.
Clara ist es, die ihn weckt.
Aber er erkennt sie nicht.
Er glaubt sich in einer Straßenbahn.
Er glaubt, ein gelbes Buch in seiner Hand zu haben.
Er glaubt, einem guten Manne ins Auge zu fallen.

Aber es ist Clara, die spricht.

Wiedersehen

Clara sagt: Wiedersehen.
Ausgeschlossen, sagt der König.
Und Kopfig, fragt Clara.
Vielleicht, sagt der König.
Vielleicht, fragt Clara.
Man wird sehen, sagt der König.
Clara sagt: Auf Wiedersehen.

VII. Hinter den Mauern

Die Spur

Es wurde Nacht.
Clara verlor Kopfig aus den Augen.
Auf dem Hügel über der Stadt leuchtete es.
Eine schimmernde Bahn zog sich von der Spitze des Hügels bis zu seinem Fuß.
Clara folgte der Spur und stieß auf einen umgestürzten Eimer.
Nicht weit davon lag ein anderer und lief aus.
Die Spur führte ins Innere des Hügels.
Clara stieg hinab.

Der Doktor

Clara stieg hinab.
Da pfiff einer.
Ein Grammophon spielte.
Hallo, rief Clara.
Eine Tür öffnete sich und ein Lichtstrahl fiel heraus.
Im Licht stand der Doktor.
Kopfig, rief Clara.
Nein, sagte der Doktor, das bin ich nicht.
Clara, sagte Clara, ich bin Clara.
Ja, sagte der Doktor, das wird wohl stimmen, aber eine Clara kenne ich nicht.
Der Doktor drehte sich um und verschwand um die Ecke.

Der Herr mit dem Hut

Der Doktor verschwand um die Ecke.
Clara rannte ihm nach.
Da stieß sie zusammen mit einem Herrn, der um die Ecke kam.
Der Herr trug einen Hut.
Er lüftete ihn und sagte: Verzeihung.
Macht nichts, sagte Clara rasch und schaute um die Ecke.
Aber da war niemand.
Haben Sie vielleicht den Doktor gesehen, fragte Clara.
Vielleicht, antwortete der Herr mit dem Hut.
Vielleicht, fragte Clara.
Vielleicht, sagte der Herr mit dem Hut, jedenfalls kann ich mich nicht erinnern.
Aber er muss eben hier vorbeigekommen sein, sagte Clara.
Nein, sagte der Herr mit dem Hut, hier ist niemand vorbeigekommen. Sie müssen Sarah sein.
Ja, sagte Clara.

Ja, sagte Sarah, und wer sind Sie?
Ich bin der Hausmeister, sagte ich und nahm den Hut ab.
Ach so, sagte Sarah, ich habe Sie nicht erkannt, wegen dem Hut wahrscheinlich.
Nun, sagte ich, es ist auch etwas schattig hier. Was wollen Sie jetzt tun, Sarah?
Ich –, sagte Sarah, ich weiß es nicht.
Eine hübsche Frisur haben Sie übrigens, sagte ich.
Ach was, sagte Sarah und errötete.

Sarah

Da steht Sarah.
Sie duldet ihren Namen ohne Widerspruch.
Hübsch sieht sie aus und gleicht Clara aufs Haar.
Wäre der Spiegel nicht zertrümmert und unerreichbar, bemerkte er nicht den geringsten Unterschied.

Was wird Clara sagen?

Ich habe einmal Sarah geheißen, sagte Clara, aber dann fiel ich in den Fischteich und wurde darüber krank.
Man verbrachte mich hinter die Mauern. Von Zeit zu Zeit schauten die Schwestern herein. Sie waren alle blond wie die Semmeln. Man bleichte auch mir die Haare, damit ich aussähe wie ein Engel.
Eine Frau namens Maria trat aus mir heraus und sagte: Bleiche Spinnerin.
Ich wurde spindeldürr, die Frau immer fetter. Es war ungeheuerlich: Sie war nicht größer als ein Gartenzwerg und doch wog sie drei Zentner.
Plötzlich war ich ein Kind und man lehrte mich sprechen.
Da sagte ich: Lasst mich gehen.

Die Schwestern

Lasst mich gehen, sagte Sarah.
Die Schwestern umstanden Sarah in dichtem Kreis.
Nein, sagten sie und schwangen den Weihrauchkessel.
Der Geruch versetzte Sarah in eine Semmel, die in eine Schale Milch getaucht wurde. Mit leisen Tritten näherte sich die Katze.
Sarah wurde weich.

Erlösung

Sarah wurde weich und löste sich auf.
Clara füllte frische Milch in die Schale.
Auch sie musste jetzt gehen.
Die Schwestern hängten ihr ein Kreuz um.
Clara ging los.

Der Mühlstein

Clara ging los.
Wie ein Mühlstein hing das Kreuz um ihren Hals.
Clara ging zum Fischteich.
Wie sie sich über das Wasser beugte, sah sie Sarah.
Nein, Clara, sagte Sarah, tu es nicht.

Das Räuspern

-Nein, Clara, sagte Sarah, tu es nicht.
Clara musterte Sarah kritisch.
Jemand räusperte sich.

Die Verabredung

Ich räusperte mich.
Clara drehte sich um und Sarah sah mich an.
Haben Sie eine Verabredung, fragte ich.
Nein, sagte Sarah.
Wollen Sie sich vielleicht mit mir verabreden, fragte ich.
Mit Ihnen, fragte Sarah.
Ja, sagte ich, wollen Sie nicht?
Doch doch, sagte Sarah, ich will ja.
Also dann, sagte ich, auf bald, Sarah.

Sarah im Fischteich.
Die Schwestern ziehen sie heraus und taufen sie Clara.
Triefend gewinnt Maria Gestalt.

Sarah hinter den Mauern.
Die Schwestern singen: Sagt an, wer ist doch diese, und schwingen den Weihrauchkessel.

Sarah im Nebel.
Hervor tritt: Clara.
Sie findet sich wieder im Fischteich: Sarah, komm heraus.

VIII. In den Kellern

Ein Faden Speichel

Im Keller brannte kein Licht.
Die Glühbirne war zertrümmert.
Ich entzündete einen Docht und sah nach dem Rechten.

Da schimmerte etwas Speichel.
Ein Faden führte vom Speichel zu einem Mund.
Der Mund gehörte Kopfig.
Der röchelte.

Kopfigs Mund

Der röchelte.
Was ist, fragte ich.
Kopfig lag auf dem Rücken wie tot.
Sein Mund sprach: Ich spie.
Langsam kam Leben in den Mann.
Ich beugte mich über ihn und fragte: Was liegen Sie hier herum?
Jemand hat mich gestoßen, sagte Kopfig, da musste ich speien und stürzte.
Sie sind ausgeglitten, vermutete ich.
Nein, sagte Kopfig, ich sagte es doch: Man stieß mich.
Wer denn, sagte ich, hier unten ist niemand.

Zimmer

Da war niemand.
Die Gänge waren menschenleer.
Überzeugen Sie sich, sagte ich.
Man sieht ja nicht die Hand vor Augen, sagte Kopfig.

Da war der Hauptschalter.
Licht durchflutete die Keller.
Kopfig und ich durchstreiften die Flucht.

Zimmer folgte auf Zimmer.
Zimmer, Zimmer und noch mehr Zimmer.

Dann eine Treppe.

Die Maske

Die Treppe war hin.
Schutt rieselte herab.
Kopfig musste husten.
Ich wunderte mich, dass kein Blut kam.
Ich sagte: Sie sollten auch eine Maske tragen.
Kopfig schaute mich verwundert an: Aber ich trage doch eine Maske.
Das ist gut, sagte ich.
Wegen der Katzenhaare, fügte Kopfig hinzu.
Ich sagte: Ich verstehe.

Ich

Ich verstehe.
Ich verstehe das alles.
Ich bin der Hausmeister.
Meine Aufgabe ist es, das Haus in Ordnung zu halten.

Vom Dachstuhl bis zum Kellerloch.
Ich habe die Schlüssel zu allen Zimmern.

Der Stuhl

Wir betraten ein Zimmer.
Da stand ein Stuhl.
Da ist ein Stuhl, sagte Kopfig.
Und, fragte ich.
Und?
Was meinen Sie damit, fragte ich, wenn Sie sagen: Da ist ein Stuhl.
Nichts, meinte Kopfig, ein Stuhl ist eben ein Stuhl. Ich stellte lediglich die Tatsache seines Vorhandenseins fest.
Dann glauben Sie also, sagte ich, dass sein Nichtvorhandensein ebenso möglich wäre?
Möglich, sagte Kopfig, ja, möglich wäre das schon: dass man ein Zimmer betritt, in dem kein Stuhl vorhanden ist.
Und Sie hätten dann möglicherweise gesagt, folgerte ich: Da ist kein Stuhl.
Nein, sagte Kopfig, das ist unwahrscheinlich. Ich hätte die Möglichkeit des Vorhandenseins eines solchen gar nicht erst in Erwägung gezogen.
Warum nicht, fragte ich.
Ich weiß nicht, sagte Kopfig, das ist eben so. Vielleicht ist ein Stuhl auch nicht so wichtig, ganz gleichgültig, ob er nun vorhanden ist oder nicht.

Da sagte ich: Hier ist kein Grammophon.

Die Kurbel

Da war kein Grammophon.
Aber auf dem Boden lag eine Kurbel.
Kopfig hob sie auf.
So etwas kann man immer brauchen, sagte er. Man kann damit allerlei Dinge in Gang setzen.
Ich nickte.
Schöne Schuhe haben Sie übrigens, sagte ich und wandte mich zum Gehen. Ich wollte ihn endgültig zurücklassen.
Da sagte Kopfig: Sie sind die Erfüllung eines Kindertraumes.
Wer, fragte ich, ich?
Nein, sagte Kopfig, natürlich die Schuhe. Wollen Sie hören?
Ich war gewillt und sagte: Nun machen Sie schon.
Kopfig drehte die Kurbel und begann zu plappern.

Kopfig drehte die Kurbel und begann: Ich bin ein Findelkind.

Man fand mich im Rinnstein.
Ich konnte sprechen, aber nicht laufen.
Ich war aus dem Fenster eines Hauses gestürzt und hatte mir beide Beine gebrochen.
Man fuhr mich ins Krankenhaus.
Dort blieb ich lange Monate.
Inzwischen war das Haus, aus dem ich gestürzt war, abgerissen worden.
Jedenfalls konnte man es nicht wiederfinden.
Um den Hals trug ich einen Schlüssel.
Aber es gab keine Tür dafür.
In der ganzen Stadt nicht.
Die Schwester nahm mich zu sich. Aber ich liebte sie nicht.
Ich konnte dieselben Sätze sprechen wie ein abgerichteter Vogel.
Ich sagte: Guten Tag. Ich freue mich, Sie zu sehen. Wie geht es Ihnen. Was macht das Wetter. Ist es nicht beschissen.

Ich sagte Guten Tag, wenn sich Schritte näherten, sagte Danke, wenn eine Münze in meinen Hut fiel, und sagte Auf Wiedersehen, wenn sich die Schritte wieder entfernten.
Ich saß auf dem Boden, hielt den Kopf gesenkt und sah immer nur Schuhe.
Wenn ich genug Geld beisammen hätte, so sagte ich mir, würde ich mir Schuhe kaufen und davongehen.

Das Telefonat

Kopfig machte sich auf die Socken.
Für Schuhe reichten die Groschen nicht.
Ein Telefonat war drin.
Es meldete sich eine gewisse Mirjam und sagte, Clara sei nicht da.
Kopfig überschaute die Barschaft und sagte: Ich werde es später noch einmal versuchen.
Das hat keinen Sinn, sagte Mirjam, Clara wird nicht wiederkommen.
Was kann ich tun, fragte Kopfig.
Mirjam antwortete nicht.
Kopfig legte auf und verließ die Zelle.

Die Haare

Kopfig verließ die Zelle.
Unter dem Arm trug er ein gelbes Buch.
Das gelbe Buch enthielt die Namen aller Teilnehmer.
Sie waren zahlreich wie die Haare auf dem Kopf eines Menschen.
Jeden Tag gingen 30 bis 60 davon aus.
Kopfig rechnete hoch.
Bald würde die Erde kahl sein.

Die Väter

Der Vater war kahl wie ein Ei.
Unsinn, sagte er, ich nehme Ihnen das nicht ab.
Es gab andere Väter.
Kopfig ging von einem zum anderen.
Einer sagte: Sie verrennen sich.
Einer sagte: Die Quellen taugen nichts.
Einer sagte: Aha.
Kopfig sah sich von diesem ernstgenommen.
Er wartete. Doch kam nichts weiter.
Er fragte: Nun?
Nun, sagte dieser –

Kopfig verlor den Faden.
Nun, fragte ich, wie geht es weiter?
Kopfig nahm das Garn wieder auf.
Nun, sagte der Vater, eine Wahnidee.
Kopfig stockte und starrte auf einen Stein zu seinen Füßen.
Wo war der her?
Nun, fragte ich, wie weiter?
Später belehrte ich alle, besann sich Kopfig, eines Besseren.

Ich ging zur Tür.
Kopfig plapperte noch.
Noch einmal schaute ich zurück.
Kopfig saß auf dem Stuhl.
Ich sagte: Da ist kein Stuhl.
Kopfig fiel zu Boden.

Er zuckte mit Armen und Beinen.
Blutiger Schaum trat aus seinem Mund.

Ich stellte den Stuhl, der umgefallen war, wieder auf die Beine.
Ich war der Hausmeister.
Ich hatte für Ordnung zu sorgen.

Die Tür fiel ins Schloss.
Ich ging.

IX. Fassaden

Der Wecker

Sarah stand vor der Ruine des Uhrenmuseums.
Sie wartete schon zwei Stunden.
Der Hausmeister kam und kam nicht.

Sarah ging auf und ab.
Unter ihren Absätzen knirschten Federn und Rädchen.
Mit der Fußspitze stieß sie einen zersprungenen Wecker zur Seite.
Sarah schien böse.

Der Pfirsich

Sarah schien böse.
Ich sah durch die Speichen eines großen Rades.
Das Rad war völlig in Ordnung.
Ein eiserner Ring hielt die hölzernen Teile zusammen.

Da lag ein Pfirsich.
Auch der schien noch gut.
Ich zertrat ihn und zog mich zurück.

Das Automobil stand um die Ecke.
Ich warf den Motor an.

Das Signalhorn

Ich fuhr vor.
Das Signalhorn schmetterte.
Sarah fuhr zusammen.
Ich öffnete den Schlag und lachte.
Sarah runzelte die Stirn, dann lachte auch sie: Sind das Sie?
Was für ein schönes Automobil!
Nun machen Sie schon, sagte ich, steigen Sie ein.
Sarah gehorchte.
Ich stieg aufs Gas.

Der Schutt

Ich stieg aufs Gas.
Wir brausten durch die Straßen.
Ist es nicht schlimm, fragte Sarah.
Was, fragte ich.

Ich war gesund und hatte zwei Hände.
Eine Hand hielt das Steuer.
Die andere nicht.
Die ruhte auf Sarahs Knie.

Sarah sagte: Der Schutt.
Ach wo, sagte ich, sehen Sie doch: die Straßen sind frei und die Fassaden glänzen.

Die Fassaden

Die Straßen sind frei und die Fassaden glänzen.
Hinter den Fassaden streunen die Hunde.
Ihre Nasen spüren im Schutt.
Aber sie spüren nichts auf.
Alles ist aufgeräumt.

Die Destillen sind hin und die Lichtspielhäuser.
Aber man ist lustig wie ehedem.
Und im Keller spielt Musik.

Wir waren da.
So, sagte ich, da wären wir.
Und jetzt, fragte Sarah.
Jetzt, sagte ich, jetzt wollen wir uns amüsieren.

Ich stieg aus dem Automobil und hinab in den Keller.
Sarah folgte.
Unten war Betrieb.

Der Amüsierbetrieb

Unten war Betrieb.
Man amüsierte sich prächtig.
Da waren Männer und Frauen.
Die Männer standen an den Wänden und bliesen Rauch in die Luft.
Die Frauen auch.
Einige wippten mit den Füßen.
Andere zuckten mit Armen und Beinen.
Es ging lustig zu.
Ist es nicht lustig, fragte ich.
Doch, sagte Sarah, es ist lustig.
Trinken Sie was, fragte ich.
Ja, sagte Sarah, Tee.
Ich fragte: Tee?
Sarah sagte: Tee.
Gut, sagte ich: Tee.
Ich ging, den zu holen.
Es gab auch Gebäck.
Ich nahm davon.
Sarah sagte: Blechteig.

Die Kapelle

Sarah sagte: Blechteig.
Wie, fragte ich.
Ich sagte, sagte Sarah: Ich mag keinen Blechteig.

Man schwang das Tanzbein.
Dazu spielte die Musik.
Wir waren froh darüber.

Schauen Sie nur, sagte ich: Dort ist die Kapelle.
Die Kapelle bestand aus Fiedeln und Rasseln, einer Triangel und einer Bassgeige.
Die sind besser als ein Grammophon, sagte ich, finden Sie nicht?
Ja, sagte Sarah, doch.

Eine Stimme sang immerzu: O Kind, komm her du Kind, ich lieb dich …
Ich sagte: Lieben Sie die Musikanten?
Ich selbst, sagte Sarah, war einmal Musikantin.
In einer Kapelle, fragte ich.
Nein, sagte Sarah, in einem Kaufhaus. Ich war Pianistin in der Wäscheabteilung.

Tonleitern und Kaskaden

Ich war Pianistin in der Wäscheabteilung, sagte Sarah.
Die Wäsche war schäbig.
In der Abteilung roch es muffig.
Ich hatte für frischen Wind zu sorgen.
Man legte mir Partituren mit Tonleitern und Kaskaden auf den Flügel.
Der Abteilungsleiter schaute mir auf die Finger.
Er sagte: Sie spielen falsch.
Ich sagte: Das gehört so.
Er konnte mir keinen Fehler nachweisen. Ich spielte flüssig und vom Blatt.
Schließlich sagte er: Reduzieren Sie den Lärm. Sie stören das Verkaufsgespräch.

Das Verkaufsgespräch

Ich spielte leiser.
Schon bald war ich kaum noch hörbar.
Man verwechselte mich mit der Verkäuferin.
Fräulein, was kostet dieser Schnürleib?
Ich konnte das nicht beantworten.
Das Verkaufsgespräch stockte.

Sarah stockte.
Und, fragte ich, weiter?
Weiter, sagte Sarah, weiß ich nicht.
Nun machen Sie schon, sagte ich, erzählen Sie.
Sarah fuhr fort.

Ich setzte mein Spiel fort.
Etwas sang in mir, aber meine Hände spielten etwas anderes.
Meiden Sie die schwarzen Tasten, rief der Abteilungsleiter.
Die Stimme in meinem Innern war hell und warm.
Das sang, sang und sang so schön.
Meine Finger konnten dem nicht folgen.
Diese Töne waren nicht zu finden.
Auf der ganzen Tastatur nicht.
Spiel, Mädel, spiel, rief der Abteilungsleiter.
Das sang so schön.
Ich konnte das nicht.
Sie, rief der Abteilungsleiter, haben die Tonleiter nicht erfunden.
Verabschieden Sie sich, Fräulein Smoll.

Der Sopran schrillte.

Der Sopran schrillte.
Etwas klirrte.
Etwas schlug schwer zu.
Etwas zersplitterte.
In meinem Kopf wurde es grell.
Dann wurde es finster.

Als ich die Augen öffnete, sah ich den geschlossenen Klavierdeckel vor mir.
Meine Hände sah ich nicht.
Ich vermutete sie auf den Tasten.
Schön haben Sie das hingekriegt, sagte der Abteilungsleiter, wir werden uns ein Grammophon anschaffen müssen.
Er hob den Deckel, schaute und sah: Mit diesen Händen werden Sie keinen Lohn empfangen können. Gehen Sie, gehen Sie fort, machen Sie rasch.

Der Aufbruch

Sarah macht rasch.
Aber sie ist nicht schnell genug.
Alles rinnt ihr durch die Finger.

Sie muss früher aufstehen.

Stosszeit

Es ist Stoßzeit.
Fröhlich schmettert das Signalhorn.
Es ist weder Tag noch Nacht.
Der Wecker geht nicht.

Wir gehen hoch.

Wir steigen hinauf ins Grau.

X. Verkehr

Idylle ohne Bäume

Licht fiel.
Die Karossen blitzten.
Der Fahrdamm war trocken.
Sarah stand im Rinnstein.
Auch der war trocken.
Laub raschelte darin.
Ich sagte: Ist es nicht seltsam.
Sarah sagte: Was.
Laub und keine Bäume.
Wir schwiegen und lauschten.
Das Laub raschelte.
Der Verkehr rauschte.

Reflexe

Der Verkehr rauschte.
Da standen wir nun.
Sarah im Rinnstein und ich auf dem Fußsteig.
Sarah schwieg mich an.
Ich wusste keine Antwort.

Sarahs Augen reflektierten.
Ich sah, dass ich sie wollte.
Nun steigen Sie schon herauf, sagte ich, zu mir.
Sarah scharrte.
Ich reichte ihr die Hand.
Sarah nahm, ich zog.

Wie klein sie noch immer schien.
Ich begann sie einzuwickeln.

Ich begann sie einzuwickeln.
Wie hat es Ihnen gefallen, fragte ich.
Es, fragte sie.
Nun, setzte ich an.
Ja, fragte sie.
Die Musik, sagte ich, der Tanz und – ich machte eine weitausholende Geste: das alles.
Gut, sagte Sarah, gut.
Und ich, fragte ich, gefalle ich Ihnen auch?
Sie erinnern mich an wen, sagte Sarah.
An wen, fragte ich.
An jemanden, sagte Sarah, der mir einmal sehr gut gefallen hat.
Soll ich Sie noch wo hinbringen, sagte ich, um das zu beenden.
Sarah sagte weder ja noch nein.
Sie sagte: Wohnen Sie weit?
Nein, sagte ich, grad mal einen Steinwurf.

Wir bestiegen das Automobil.

Fahrt im Automobil

Wir bestiegen das Automobil.
Ich warf an.
Das heulte auf, brüllte und schoss.
Ich radierte.
Etwas prasselte gegen das Bodenblech.
Ich stieg drauf.
Die Fahrgastzelle vibrierte.
Das Tachometer schnellte. Die Nadel sprang.
Von Null auf Hundert in zehn Sekunden, sagte ich wie nebenbei und schielte.
Nebenbei nickte Sarah und sagte: Erstaunlich.
Ja, sagte ich, der hat schon was unter der Haube.
Unter der Haube, fragte Sarah, was?
Pferdestärken, sagte ich.
Sarah machte: Hm.
Ich spielte mit der Schaltung.
Was ist das für ein Stock, fragte Sarah.
Der Steuerknüppel, sagte ich, gleich heben wir ab.
Sarah lachte mit Vorsicht und sagte: Das war ein Witz, oder?
Ja, sagte ich.
Jetzt durften wir lachen.
Wir taten es ohne Hemmung.

Plötzlich musste ich drosseln.

Gedrosselt

Plötzlich musste ich drosseln.
Ein Huhn zerstob im Kühlergrill.
Es kam vom vor uns schleichenden Fuhrwerk.
Das Fuhrwerk hatte einen Gaul im Geschirr.
Der Gaul war lahm.

Auf der Frontscheibe des Automobils waren die Abdrücke von
Nasen zu sehen.
Die Nasen gehörten Sarah und mir.
Die bluteten wie nur was.
Sarah schrie.
Ich fluchte.

Ich fluchte.
Sarah wimmerte leise.
Wir standen fast still.
Ich sendete ein Lichtsignal.
Der vor uns wollte nicht weichen.
Ich sendete ein zweites und stieß in das Horn.
Im Geschirr rasselte der Gaul.
Er ließ eine kleine Kugel fallen.
Die kleine Kugel sah aus wie ein Pfirsich.
Ich fuhr sie platt.
Sarah schniefte.
Ich reichte ihr ein Taschentuch.
Fußgänger eilten vorüber. Sie husteten und spuckten.
Einer sagte: Der Topf klingelt.
Ich beugte mich aus dem Fenster und schrie: Nun machen Sie schon.
Der Mann auf dem Bock drehte sich um. In seinem Gesicht steckte eine Pfeife. Er nahm sie heraus und sagte: Immer langsam.

Der Mann auf dem Bock

Immer langsam, sagte der Mann auf dem Bock, mit den jungen Pferden.
Er war guter Dinge.
Sein Frohsinn war nicht angeboren.
Der stammte aus dem Fass starken Getränks, welches er auf der Ladefläche mit sich führte.
Sein Zinken glühte.
Alle Naselang schwang er die Peitsche und drosch den Gaul.
Dann ging der drei Schritte oder vier.
Der Mann wies mit der Pfeife Richtung Kreuzung und sagte:
Da vorn muss ich ab.
Die Pfeife kehrte an ihren Ort zurück.
Sarah sagte: Wir danken Ihnen recht herzlich.
Ich sagte: Kratz ab.
Das Fuhrwerk schaukelte rechts rein.
Die Straße war frei.

Eins Komma Fünf Sechs

Die Straße ist frei.
Ich drehe auf.
Das kreischt.
Ich drossele.
Das stottert.
Ich würge ab.
Wir stehen still.

Wieviel haben wir zurückgelegt, fragt Sarah.
Ich schaue auf den Zähler und rechne.
Eins Komma sage ich, Vier Zwei.

Blechteig

Wir sind dann da.
Schauen Sie, sagt Sarah, welch ein Treiben.
Wir sind ausgestiegen und sehen dem Treiben zu.

Aus den Auspuffrohren steigen die Abgase.
Die Automobile husten und spucken.
Wie sie husten und spucken, sagt Sarah, fast menschlich.
Wir husten und spucken auch.
So ist das.

Einer schert aus.
Ein anderer kommt von vorn.
Es kracht.
So geht das.

Da hat es gekracht, sage ich.
Die fahren auch wie die Verrückten, sagt Sarah.
Ich sage: Blechteig.

Sarah lacht nicht.

Sarah schaute sich um.
Sie fragte: Besitzen Sie denn kein Grammophon?
Wenn Sie wollen, sagte ich, können wir den Rundfunk empfangen.
Gibt es Musik, fragte Sarah.
Ja, sagte ich, meistens sendet man die aktuellen Schlager.
Und sonst, fragte Sarah.
Allerlei, sagte ich, aus der Welt. Ich hoffe, wir werden einen guten Empfang haben.
Lassen Sie hören, sagte Sarah.
Ich bediente das Gerät.
Der Empfang war ausgezeichnet.
Wir erfuhren alles über einen Ledertaschenfabrikanten namens Ferdinand Anna. Herr Anna war außerordentlich tüchtig. Dem Tüchtigen, sagte Herr Anna, gehöre die Welt. Er produzierte ständig über eine Million Taschen. Seine erste Million, sagte Herr Anna, sei die schwerste gewesen.
Das ist interessant, sagte Sarah.
Ja, sagte ich, ich wollte es schon immer wissen.
Ich will auch etwas wissen, sagte Sarah.
Was denn, fragte ich.
Sarah wollte wissen: Wie geht das?
Ich sagte: Über den Äther.
Der Sprecher sagte, er werde jetzt eine heiße Scheibe auflegen.
Achtung, sagte ich, jetzt kommen die Schlager.
Wir lauschten dem Schlagwerk.
Eine Stimme sang: Komm her du Kind …

Der Schnürleib

Komm schon, sagte ich.
Sarah sprang aus dem Kleid.
Sie drehte sich einmal um sich selbst.
Wie ein Pfirsich sah sie aus.
Sarah gefiel sich sichtlich.
Mir auch.
Ich sagte: Komm her.
Sarah kam näher.
Sie sagte: Ich habe Kinderwünsche.
Ich auch.
Wir kamen uns entgegen.
Sarah war jetzt greifbar.
Was sagen Sie, sagte sie.
Ich sagte nichts.
Ich nestelte am Schnürleib.

Ich nestelte.
Das wollte nicht aufgehen.
Sarah sagte: Das kitzelt.
Ich ignorierte das.
Schließlich gab der Schnürleib nach.
Die Schnüre flitzten aus den Ösen.
Ein Schnupftuch fiel zu Boden.
Das Schnupftuch war bunt.

Sarahs Gesicht

Das war bunt wie das Schnupftuch.
Wie gemalt schaute das aus.
Die Augen waren wie Seen.
Die Nase glich einem Turm.
Der Mund war ein Erdbeerfeld.
Ich sah mir die Landschaft näher an.

Da war der Feuerwehrlöschwasserteich. Unrat dümpelte darin.
Da war der Fischteich. Man hatte ihn abgelassen, um die Karpfen zum Markt zu bringen. Das Ufer war schlammig. Borstig stand Schilf darin. Das Schilf war vielerorts geknickt.
Südlich ragte der Bohrturm.
Erdöl sprudelte hervor.
Es versickerte im Feld.
Das Feld lächelte unter der Sonne.
Die Erdbeeren gärten.
In den Erdbeeren standen Bauern und lallten.
Alles war wie hingeschmiert.
Sarah sah furchtbar aus.
Ich sah, dass sie kein Kind mehr war.
Ihr Antlitz war gezeichnet.
Sie war alt.
Wenigstens 20 Lenze zählte sie.
Ich blendete das aus.
Die Sonne fiel wie ein Stein.

Das A und das O

Die Sonne fiel wie ein Stein.
O, sagte Sarah.
Um ihren Hals rasselte eine Kette.
Ich orientierte mich.
O, sagte Sarah noch einmal. Ich sagte: A.
Sarah sagte: Ou.
Ich sagte: Ai.
Wir vertieften das.
Auf Sarahs Ouhu antwortete ich mit Aijai.
Sarah hechelte.
Ich schloss mich dem an.
Ä, ächzte Sarah: Ä – ä.
Wir hechelten gemeinsam.
Sarahs Atem ging schneller.
Ja, sagte Sarah, ja. Sie sagte es noch einmal. Sie sagte es 17mal hintereinander. Dann sagte sie: O Gott. Dann schrie sie: Mama.
Dann keuchte sie: Wahnsinn.
Dann sang sie.
Dann –

Sarah sang.
Ihr Sopran schrillte.
In meinem Kopf wurde es grell.
Sarah sagte: Mit Kopfig erreichte ich nie das hohe C.

Wir wiederholen.
Wir wiederholen uns.
Wir wiederholen uns ständig.
Alles läuft immer wie geschmiert.

Ich sage: Ich will das noch mal.
Sarah kann sich dem nicht verschließen.
Wir tun es noch mal.
Wir tun es 17mal hintereinander.
Dann sagt Sarah: Ich kann nicht mehr.

Auch ich habe jetzt genug.
Der Verkehr ist beendet.
Ich habe meinen Spaß gehabt.
Und Sarah?

Sarah, sage ich, wie war ich.
Sarah antwortet nicht.
Sarah?
Sarah ist verschwunden.
Plötzlich ist da ein Kind namens Mariechen.
Das Kind sagt: Papa?

Stephan Groetzner
Die Kuh in meinem Kopf

Die mit musikalischer Strenge komponierten Erzählungen von Stephan Groetzner sind von ganz eigener Komik. Philosophische Fragmente, Anmerkungen zur Derrida'schen Grammatologie, zu Wittgenstein, zwei Suiten, die ganz offensichtlich mit Griegs *Peer Gynt* zu tun haben, »romantische Stücke für Klavier« und Anekdoten über Schubert mit dem Titel »Schwammerlquartett« – das ist das Material, aus dem ein manchmal grimmiger, manchmal absurder Witz entsteht (der durchaus auch sehr low ausfallen kann).

»Groetzner lässt es so richtig krachen im hohen Haus der Hochkultur. Er bereichert die Gebrüder Wittgenstein um eine Plötzen-Theorie (bei der der Räuber Hotzenplotz schon vom Namen her eine wichtige Rolle spielt), lässt zwei Nihilisten ihr Unwesen am Rande des Nichts treiben und beklagt die Schlaflosigkeit am späten Vormittag: Immer diese schrecklich zwitschernden Vögel in ihren Problemnestern draußen im Erkenntnisbaum! Er ist sich für keinen schlechten Witz zu schade, und der einzige Einwand muss lauten, dass man von diesen Sudeleien gern noch viel mehr als diese paar Seiten lesen würde.« (Florian Kessler, Süddeutsche Zeitung)

»Willkommen im philosophischen Vexiergarten des Professor humoris causa Stephan Groetzner … Groetzner ist ein Meister der irritierenden Fußangel. Ein Leserfischer, Buch-Hineinzieher.« (Florian Felix Weyh, Deutschlandradio)

Erstausgabe 2012
136 Seiten, 21x13 cm, gebunden
ISBN 978-3-85420-794-8
€ 16.–

Umschlag: & Co www.und-co.at
Satz: AD
Druck: Theiss
ISBN 978-3-85420-835-8

Literaturverlag Droschl Stenggstraße 33 A-8043 Graz
www.droschl.com